AF321418

LE
Juif Errant

PAR

Mᵐᵉ BRAQUAVAL (Pauline l'Olivier).

CANTATE COURONNÉE

PAR L'ACADEMIE ROYALE DE BELGIQUE

au grand concours de composition musicale de 1859.

(MUSIQUE DE M. RADOUX.)

Marche! Marche!

PARIS
LIBRAIRIE DE P. LETHIELLEUX,
RUE BONAPARTE, 66.

TOURNAI
LIBRAIRIE DE H. CASTERMAN,
RUE AUX RATS, 11.

H. CASTERMAN
ÉDITEUR.
1859

LE

JUIF ERRANT.

LE
Juif Errant

PAR

Mme BRAQUAVAL (Pauline l'Olivier).

CANTATE COURONNÉE

PAR L'ACADÉMIE ROYALE DE BELGIQUE

au grand concours de composition musicale de 1859.

(MUSIQUE DE M. RADOUX.)

Marche! Marche!

PARIS
LIBRAIRIE DE P. LETHIELLEUX,
RUE BONAPARTE, 66.

TOURNAI
LIBRAIRIE DE H. CASTERMAN,
RUE AUX RATS, 11.

H. CASTERMAN
ÉDITEUR.
1859

LE
Juif Errant.

PREMIÈRE PARTIE.

AHASVÉRUS.

RÉCITATIF.

Il montait lentement le sentier du Calvaire,
Pâle, et sous le fardeau de sa croix fléchissant.
Toute la ville allait, groupe sombre et sévère,
Suivant le long chemin qu'il marquait de son sang.
Et lui n'en pouvait plus... Et moi, parmi la foule,
Voyant le fils de Dieu que l'on frappe et qu'on foule,

Je criai : « Marche donc ! le Calvaire t'attend !... »
Voilà qu'à ton regard doux et plein de lumière,
O Jésus, qu'inondaient le sang et la poussière,
Je sentis frissonner ma chair au même instant.

CAVATINE.

Des enfers, démons sans nombre,
Sur mon front farouche et sombre,
Je sentis passer votre ombre,
Votre voix, je l'entendis ;
Voix des aigles dans leur aire,
Qui criaient : « Salut, mon frère !
Sur ta face funéraire,
Luit le signe des maudits. »

DEUXIÈME PARTIE.

RÉCITATIF.

Et me voilà seul, errant sur la terre.
Je porte envie au peuple obscur des morts.
Comme un banni, je marche solitaire,
Traînant partout ma chaîne de remords.
Mon sablier ne compte plus les heures.
Tous les vivants, du seuil de leurs demeures,
Avec effroi me regardent passer.
Les astres d'or qui tremblent dans l'espace,
Vont se criant : « Cet homme-là qui passe,
Cet homme-là ne peut plus reposer. »

RONDO.

Dans mon cœur toujours la tempête gronde,
Désespoir sans fin !
Où te trouverai-je, en quel lieu du monde,
O repos, enfin ?

Sinistre voyage !

J'y perds mon courage.

Toujours un orage

Me doit emporter.

Jamais (ô mystère !)

Marcheur solitaire,

Mon pied sur la terre

Ne peut s'arrêter.

Dans mon cœur toujours la tempête gronde,

Désespoir sans fin !

Où te trouverai-je, en quel lieu du monde,

O repos, enfin ?

TROISIÈME PARTIE.

RÉCITATIF.

Des lieux où meurt le jour aux lieux où monte l'aube,
Tous les peuples ont vu la trace de mes pas.
Avec mes pieds saignants j'ai parcouru le globe,
Voulant me fuir moi-même et ne le pouvant pas.

AIR.

O doux pays des palmes,
Où j'ai reçu le jour !
Rends-moi tes plaines calmes
Où souffle un vent d'amour !

Si le ciel, clément peut-être,
Se laissait un jour fléchir,
Sous le toit qui m'a vu naître
Je voudrais aller mourir.

Mais l'arrêt implacable
Du destin qui m'accable,
(Sort fatal, effroyable!)
Fait des siècles mes jours.

C'est en vain que je prie ;
Chaque bouche me crie :
« Tu n'as plus de patrie,
» Marche, marche toujours. »

Seigneur, pitié de ma souffrance!
Si tu n'es las de me punir,
Au moins la mort, cette espérance,
Quand la verrai-je enfin venir?

CHŒUR DES DEMONS.

(Voix de basse.)

Quand le flot qui gronde
Dans la mer profonde
Se desséchera ;
Quand du ciel sans borne,
Globe obscur et morne,
Le soleil fuira.

AHASVÉRUS.

(Reprise.)

Si le ciel, clément peut-être,
Se laissait un jour fléchir,
Sous le toit qui m'a vu naître
Je voudrais aller mourir.

CHŒUR DES ANGES.

(Voix de femmes.)

Quand les races mortes
Briseront les portes
Du sépulcre obscur,
Le ciel plein d'étoiles
T'ouvrira ses voiles,
Ses battants d'azur.

AHASVÉRUS.

(Reprise.)

Seigneur, pitié de ma souffrance !
Si tu n'es las de me punir,
Au moins la mort, cette espérance,
Quand la verrai-je enfin venir ?

CHŒURS RÉUNIS.

CHŒUR DES DÉMONS.	CHŒUR DES ANGES.
Quand le flot qui gronde	Quand les races mortes
Dans la mer profonde	Briseront les portes
Se desséchera ;	Du sépulcre obscur,
Quand du ciel sans borne,	Le ciel plein d'étoiles
Globe obscur et morne,	T'ouvrira ses voiles,
Le soleil fuira.	Ses battants d'azur.

Tournai, typ. Casterman.

RÉCITS

MORAUX ET AMUSANTS

DE L'ABBÉ OTTMAR LAUTENSCHLAGER,
de l'Archidiocèse de Munich.

TRADUITS DE L'ALLEMAND

Par Pauline l'Olivier (Mme Braquaval).
Auteur de la CANTATE couronnée le 24 Septembre.

Chaque ouvrage, renfermant plusieurs récits, forme **un charmant volume in-12** de plus de 350 pages, **illustré de quatre beaux dessins à deux teintes,** cartonné avec luxe et **orné d'une délicieuse couverture en couleurs.**

VIOLETTES.
Le petit Bonnet. — Rosalie. — Le jugement. — Antoine et Ferdinand.
Rodolphe et Raphaël. — Amour filial. — 2e *édition.*

MYOSOTIS.
Le secours de Marie. — La nuit de Noël. — Piété, douceur et réconciliation. — 2e *édit.*

BLUETS.
L'amour et la Croix. — Paul ou la reconnaissance chez les animaux.
L'œuf de Pâques. — Le 25 juillet célébré en famille.

PERVENCHES.
Madeleine ou le pouvoir de la charité. — Cassilda ou les Maures en Espagne.
Le joueur. — Pic de la Mirandole, comte de Concordia..

ANÉMONES.
(*Sous presse.*)

PUBLIÉS AVEC L'APPROBATION DE L'ABBÉ OTTMAR, ET CELLE DE L'ÉVÊQUE DE TOURNAI,
CES LIVRES ONT OBTENU LES ENCOURAGEMENTS DU GOUVERNEMENT BELGE.

AUTRES TRADUCTIONS.

Nouvelles Germaniques; par Albert **WERFER** et autres écrivains allemands. — Blanda de Rudesheim. — La promesse solennelle. — Père Narcisse. — Mère et Fils. — La chapelle sixtine. Magnifique vol. gr. in-8, format dit Jésus, VIII-248 p. *Illustré de quatre beaux sujets à deux teintes.*

Cent et un contes pour les enfants suivis de quatrains; par le chanoine SCHMID. 2e édit. In-18, 16 *figures.*

Le Conteur de l'Enfance, renfermant cent quatre-vingts contes pour les enfants; par le chanoine SCHMID. Gr. in-8, 262 p., illustré de 4 *beaux dessins à deux teintes, cartonné avec luxe et orné d'une délicieuse couverture en couleurs.*

— LES MÊMES en reliures diverses et gravures coloriées.
